Catalogue

de la

Collection de M. DURAND

en son vivant Juge de Paix

à Lyons-la-Forêt

CATALOGUE

DES

MEUBLES ANCIENS

De Styles divers depuis la Renaissance

FAÏENCES, PORCELAINES

Vieux Rouen, Nevers, Delft, Marseille, Chine, Sèvres, Saxe,
Chantilly, Moustiers, Strasbourg, Tournai.

VERRERIE DE BOHÈME

MINIATURES SUR IVOIRE ET SUR BOIS, TABATIÈRES, BOITES ÉMAILLÉES,
MONTRES ANCIENNES, BRONZES, PENDULES, CARTEL

CHENETS — CLEFS

TABLEAUX ANCIENS

ÉCOLES FRANÇAISE, ITALIENNE, FLAMANDE

GRAVURES ANCIENNES

En noir et en couleur, françaises et anglaises

DESSINS

ÉCOLE FRANÇAISE DONT DEUX DE WATTEAU

COMPOSANT LA

Collection de M. DURAND

En son vivant, Juge de Paix à LYONS-LA-FORÊT

Vente aux Enchères à Lyons-la-Forêt

Par M⁰ LEVIEUX, Notaire

Les Dimanche 16, Lundi 17, Mardi 18, Mercredi 19 Septembre 1900

ET JOURS SUIVANTS S'IL Y A LIEU

Départs de Paris. — Gare Saint-Lazare, 6 h. 20 ; 11 h. 20 mat., voie Gisors ;
8 h. 15 du matin, voie Pont-de-l'Arche.

CORRESPONDANCE A LA GARE DE MENESQUEVILLE-LYONS

DÉSIGNATION

1. **Très beau plat oblong à angles coupés, décor polychrome, faïence de Rouen**

   Le marli offre des lambrequins alternés avec réserves blanches en bleu et rocaille. Le fond présente un cartouche rectangulaire, décoré d'un groupe de huit figures d'enfants musiciens se détachant en bleu sur fond jaune rehaussé d'arabesques et de quadrillages noirs.

   Dimensions : 0^m,40 × 0^m,30. — Encadrement en bois noir.

2. **Grand plat rond, décor bleu, faïence de Rouen.**

   Le marli est orné de lambrequins et le fond d'une large rosace.

   Diamètre : 0^m,55.

   Très belle pièce.

3. **Grand plat oblong, à angles arrondis, bordure à fleurs, corbeille centrale avec fleurs, faïence de Rouen.**

   Dimensions : 0^m,54 × 0^m,41. Marque S. A. R.

4. **Grand plat creux, bordure à filet jaune, à fleurs et papillons ; motif central : oiseaux fleurs, décor dit au Dragon, faïence de Rouen.**

   Dimensions : 0^m,44 × 0^m,32.

5. **Corbeille à anses à six pans, bordure bleue, motif à lambrequins, faïence de Rouen.**

   Dimensions : 0^m,42 × 0^m,25.

6. **Plat à bord festonné et à anses, décor polychrome, dit au Carquois, décor riche, marque BB en rouge, faïence de Rouen.**

   Dimensions : 0^m,40 × 0^m,25.

7. Assiette au Carquois, même décor, bordure festonnée, faïence de Rouen.

8. Jardinière, décor polychrome, genre Guillebeaud, faïence de Rouen.

Longueur: $0^m,20$, hauteur: $0^m,12$.

9. Broc à cidre, décor polychrome, sujet camaïeu bleu, représentant saint Jean et portant en bleu l'inscription : « Saint Jean-Baptiste Hare, 1764 » ; marque D en bleu ; faïence de Rouen.

10. Un pichet, décor polychrome à fleurs, couvercle avec monture ancienne, portant l'inscription : « Malois et Démonts, année 1750 » ; faïence de Rouen.

11. Chocolatière, à trépied, décor Levavasseur, peinture au petit feu représentant oiseaux, paysage et fleurs ; faïence de Rouen.

Hauteur : $0^m,23$.

12. Plateau à anse, décor polychrome à la Corne, fleurs, oiseaux ; marque PD. faïence de Rouen.

Dimensions : $0^m,38 \times 0^m,24$.

13. Un compotier, décor polychrome à la Corne, fleurs et papillons, marque PP en bleu, faïence de Rouen.

14. Compotier, décor polychrome à la Corne tronquée, fleurs et papillons, faïence de Rouen.

15. Une assiette, décor camaïeu bleu, large bordure, corbeille centrale à fleurs, 2ᵉ époque ; faïence de Rouen.

16. Une assiette même époque, bordure à lambrequins, motif central, marque C en bleu ; raccommodée ; faïence de Rouen.

17. Une burette égrenée, Rouen camaïeu.

18. Un beurrier, Rouen polychrome, 3ᵉ époque.

19. Une saucière, Rouen polychrome.

20. Une tasse avec soucoupe armoriées, Rouen camaïeu.

21. Une tasse avec soucoupe, armoriées, Rouen camaïeu.

22. Deux coquetiers, Rouen polychrome.

23. Un moutardier sans couvercle, Rouen polychrome.

24. Un moutardier sans couvercle, Rouen polychrome.

25. Un légumier et son couvercle, marque DD, Rouen 2ᵉ époque, camaïeu bleu, 1710-1765.

26. Une potiche, Rouen camaïeu, 2ᵉ époque.

27. Une gondole, faïence Rouen Guillebeaud.

28. Un beurrier et son couvercle, Rouen.

29. Un pot à moutarde, Rouen camaïeu.

30. Un moutardier, Rouen polychrome.

31. Un porte-huilier, avec ses burettes en cristal taillé, Rouen, à la Corne tronquée.

32. Une salière femme, deux faces, Rouen.

33. Un moule à fromage sans décors, Rouen primitif.

34. Deux chiens en faïence, Rouen.

35. Une bouteille fêlée, Rouen polychrome.

36. Une bouteille (Bacchus), Rouen.

37. Un plat octogone, Rouen camaïeu.

38. Un plat, fleurs au centre, Rouen camaïeu.

39. Une aiguière, imitation Rouen.

40. Une jardinière à deux anses, Rouen camaïeu.

41. Une petite jardinière, Rouen camaïeu.

42. Une grande jardinière avec médaillon, Rouen camaïeu.

43. Un pot pharmacie, vieux Rouen.

44. Un plat, style rocaille, Rouen polychrome, 4ᵉ époque, 1765.

45. Un plat encadré, Rouen polychrome, 3ᵉ époque (apogée de la fabrication).

46. Deux médaillons, Louis XVI, Marie-Antoinette, Rouen.

47. Un couvercle monté en lustre, Rouen Guillebeaud.

48. Un huilier avec ses burettes et leurs couvercles, Rouen.

49. Un grand plat rond bords dentelés, Rouen.

50. Une assiette, Rouen.
51. Un plat ovale, Rouen blanc.
52. Un grand plat rond, Rouen blanc.
53. Une burette, Rouen.
54. Un plat creux à poignées, faïence de Rouen.
55. Un plat ébréché à anses, faïence de Rouen.
56. Grand plat rond, faïence de Rouen.
57. Un saladier, faïence de Rouen.
58. Un plat creux avec sujet, faïence de Rouen.
59. Un grand plat rond, belle décoration, faïence de Rouen.
60. Un plat plat à deux anses, décorations, Rouen.
61. Un plat rond rattaché, style rayonnant, avec armoirie couronne de comte, Rouen.
62. Une assiette faïence, Rouen.
63. Une assiette faïence, Rouen.
64. Une assiette faïence fêlée, Rouen.
65. Une assiette creuse, Rouen.
66. Un plat ovale rattaché, avec armoiries, Rouen.
67. Un plat avec anses, rattaché, Rouen Corne tronquée.
68. Un plat creux, Rouen Corne tronquée.
69. Un plat à côtes, Rouen à la Corne.
70. Un plat rond creux et à côtes, décors, Rouen à la Corne.
71. Une assiette creuse, faïence de Rouen à la Corne.
72. Un plat avec anses forme rectangle, faïence de Rouen.
73. Une assiette creuse à côtes dentelées, Rouen à la Corne.
74. Un compotier à côtes dentelées, Rouen à la Corne.
75. Une assiette ou petit plat, Rouen.
76. Une assiette creuse, décoration bordure rouge, faïence de Rouen à la Corne.
77. Une assiette, décoration fond bleu, Rouen.

78. Un plat rond creux, décoration fond bleu, Rouen.

79. Un plat rond réparé, Rouen.

80. Un plat, Rouen.

81. Une fontaine avec couvercle cassé, Rouen.

82. Une soupière et son couvercle, faïence blanche, Rouen.

83. Un légumier, avec son couvercle sans bouton, Rouen.

84. Une soupière avec son couvercle, Rouen.

85. Un réchaud de faïence, Rouen camaïeu.

86. Une assiette, au centre : chanson ancienne, Rouen camaïeu.

87. Une assiette à décor fond bleu, Rouen camaïe u.

88. Une assiette creuse à côtes, Rouen à la Corne.

89. Un ravier avec anses et décorations, Rouen.

90. Un ravier, Rouen camaïeu.

91. Un plat ovale raccommodé, Rouen à la double Corne.

92. Un pot faïence blanche ; Pierrot au centre, Rouen.

93. Deux levrettes, oreilles et queues abimées, faïence de Rouen.

94. Un plat fêlé, faïence blanche de Rouen.

95. Un ravier a quatre compartiments, faïence blanche de Rouen.

96. Une assiette, Rouen blanc.

97. Un bénitier, Rouen blanc.

98. Une soupière et son couvercle, Rouen blanc.

99. Un grand plat, Rouen blanc.

100. Un plat plus petit, Rouen blanc.

101. Deux cuillères à potage, faïence blanche de Rouen.

102. Un plat ovale creux à rôti, faïence blanche de Rouen.

103. Un plat ovale, faïence blanche de Rouen.

104. Un grand plat ovale, faïence blanche de Rouen.

105. Douze assiettes, faïence blanche de Rouen.

106. Une cuillère à sucre, faïence blanche de Rouen.

107. Un cadran, en faïence blanche de Rouen.
108. Un plat, Rouen camaïeu.
109. Une assiette, Rouen camaïeu.
110. Une assiette, Rouen camaïeu.
111. Une assiette, Rouen camaïeu.
112. Une assiette, Rouen camaïeu.
113. Une assiette, Rouen camaïeu.
114. Un plat raccommodé, faïence blanche de Rouen.
115. Un bidet raccommodé, faïence de Rouen.
116. Un médaillon, Guerrier romain, Rouen.
117. Un médaillon, Femme, Rouen blanc.
118. Un médaillon, Guerrier romain, Rouen.
119. Une tasse avec sa soucoupe et son couvercle, Chine.
120. Une tasse avec sa soucoupe et son couvercle, Chine.
121. Une tasse avec sa soucoupe et son couvercle, Chine.
122. Une tasse et sa soucoupe, Chine.
123. Une théière avec sa soucoupe, Chine.
124. Un sucrier et son couvercle, Chine.
125. Une théière avec couvercle, Chine.
126. Une théière avec couvercle, Chine.
127. Une théière avec couvercle, Chine.
128. Une petite potiche égrenée au col, sans couvercle, Chine.
129. Une petite théière avec soucoupe, anse, Chine.
130. Une théière avec couvercle, Chine.
131. Une tasse et sa soucoupe, Chine.
132. Une tasse et sa soucoupe, Chine.
133. Une tasse et sa soucoupe, Chine.
134. Une tasse et sa soucoupe, Chine.
135. Une tasse et sa soucoupe, Chine.
136. Une tasse et sa soucoupe, Chine.

137. Une tasse et sa soucoupe, fêlées, Chine.

138. Une tasse sans soucoupe, cassée, Chine.

139. Dix tasses, entrant l'une dans l'autre, Chine.

140. Une petite théière en terre brune, avec couvercle, Chine.

141. Un petit magot, terre brune, Chine.

142. Une petite tasse avec son couvercle, Chine.

143. Deux assiettes, décor fond vert, Chine.

144. Deux assiettes, décor en relief, Chine.

145. Deux assiettes fond rouge, personnages, Chine.

146. Deux assiettes, décor à fleurs, Chine.

147. Deux assiettes décor fond vert, avec personnages, Chine.

148. Une assiette, décor à fleurs, Chine.

149. Une assiette, décor à fleurs, Chine.

150. Une assiette, décor à fleurs, Chine.

151. Une assiette, décor à fleurs, Chine.

152. Une assiette grisaille, avec personnages, Chine.

153. Une soucoupe découpée, Chine.

154. Un pot à lait, Chine.

155. Un pot à crème, Chine.

156. Une petite tasse, monture bronze, Chine.

157. Une tasse avec couvercle et soucoupe, recollée, Chine.

158. Une tasse ébréchée, avec sa soucoupe, Chine.

159. Un plateau en laque, Chine.

160. Un plat, Chine moderne.

161. Une tasse, sa soucoupe et son couvercle, Chine.

162. Une tasse et sa soucoupe fêlée, Chine.

163. Une tasse, Japon.

164. Deux vases, Japon moderne.

165. Une assiette avec fleurs, Japon.

166. Une assiette avec fleurs, Japon.

167. Une assiette avec fleurs, Japon.

168. Une tasse avec sa soucoupe, Sèvres 1787.

169. Deux tasses avec soucoupes, décoration fleurs et dorure, Sèvres.

170. Une tasse avec soucoupe, médaillon grisaille, Sèvres.

171. Une tasse avec soucoupe, fleurs, anses dorées, décoration sur fond noir, Sèvres.

172. Une tasse avec soucoupe, fond vert, Sèvres.

173. Une tasse avec soucoupe, guirlande de fleurs, Sèvres.

174. Six tasses sans soucoupes, Sèvres.

175. Un vase, médaillon, Sèvres doré.

176. Une tasse avec soucoupe, décors à fleurs, Sèvres sans marque.

177. Une tasse avec soucoupe, décors à fleurs, Sèvres sans marque.

178. Petite tasse fêlée et soucoupe, Sèvres.

179. Deux petits bols porcelaine décorée, Sèvres imitation Chine.

180. Une tasse et soucoupe, marque A avec couronne, Sèvres rouge.

181. Deux manches à couteau, décors à fleurs, Sèvres.

182. Une assiette Sèvres, pâte dure, 1775-1787.

183. Une assiette, dentelée, pâte dure, Sèvres.

184. Une assiette, pâte dure, Sèvres.

185. Une assiette, pâte dure, Sèvres.

186. Une assiette, pâte dure, Sèvres.

187. Une tasse avec soucoupe, fond vert, pâte dure, Sèvres.

188. Une tasse avec soucoupe, décors à fleurs, Sèvres pâte dure.

189. Une tasse avec soucoupe, Sèvres pâte dure.

190.   Une tasse avec soucoupe, Sèvres pâte dure.

191.   Une tasse avec soucoupe, Sèvres pâte dure.

192.   Une tasse avec soucoupe, Sèvres pâte dure.

193.   Un sucrier avec couvercle, Sèvres pâte dure.

194.   Un pot au lait, Sèvres.

195.   Une assiette du château d'Eu, dorée et décor, Sèvres pâte dure.

196.   Une assiette du château d'Eu, dorée et décor, Sèvres pâte dure.

197.   Une assiette décorée, Sèvres pâte tendre.

198.   Une assiette décorée, Sèvres pâte tendre.

199.   Une tasse avec soucoupe, décor gros bleu (bleu de roi), Sèvres.

200.   Un saladier, Sèvres.

201.   Une soucoupe aux armes de Louis-Philippe, Sèvres.

202.   Une jardinière réparée, vert d'eau, médaillon, Sèvres.

203.   Une assiette, Sèvres pâte dure.

204.   Une assiette, Sèvres pâte dure.

205.   Une assiette, Sèvres pâte dure (reine).

206.   Une assiette, Sèvres pâte dure.

207.   Une assiette, Sèvres pâte dure (reine).

208.   Une théière avec couvercle cassé, Sèvres.

209.   Une tasse avec pieds et soucoupe, décor or et paysage, Sèvres.

210.   Une soucoupe, Sèvres.

211.   Une tasse et sa soucoupe, Sèvres.

212.   Une tasse et sa soucoupe, Sèvres.

213.   Une tasse et sa soucoupe, Sèvres.

214.   Une tasse et sa soucoupe, Sèvres.

215.   Deux tasses et leurs soucoupes, Sèvres.

216.   Une tasse et sa soucoupe, Sèvres moderne.

217. Une tasse et sa soucoupe cassée, Saint-Cloud.

218. Un cendrier, Saint-Cloud.

219. Un pot à lait, Chantilly.

220. Un pot à crème, Chantilly.

221. Une assiette, Chantilly pâte tendre.

222. Une assiette, Chantilly pâte tendre.

223. Un petit pot, Chantilly.

224. Deux grands vases Empire, porcelaine dorée, avec couvercles et armoiries ; inscription : « Le courage ne connaît pas le danger » ; Sèvres.

225. Tasse et soucoupe, petits décors à pois, dorée ; (marque Caïço), Louis-Philippe, Sèvres.

226. Tasse et soucoupe, décor vert à fleurs, bordure dorée, Empire, Sèvres.

227. Tasse et soucoupe, décoration à fleurs et dorure, Sèvres.

228. Tasse et soucoupe, décor doré, Empire, Sèvres.

229. Les Douze Mois de l'année, figurines, Saxe moderne.

230. Une figurine, Junon, Saxe.

231. Un chien, Saxe.

232. Un couteau, manche Saxe.

233. Une assiette cassée, décor fleurs, Saxe.

234. Une assiette à fleurs bleues, Saxe.

235. Une assiette à fleurs bleues, Saxe.

236. Une assiette à fleurs bleues, Saxe.

237. Une assiette à fleurs bleues, Saxe.

238. Une assiette à fleurs bleues, Saxe.

239. Une assiette, genre bleuté, avec médaillon, Saxe.

240. Une assiette, décor à fleurs, Saxe.

241. Une assiette, décor à fleurs, Saxe.

242. Une assiette, décor à fleurs, Saxe.

243. Une assiette, décor à fleurs, Saxe.

244. Une assiette creuse, Saxe.

245. Un bol, Saxe.

246. Une assiette, Saxe.

247. Une chocolatière, sa soucoupe et son couvercle, Saxe.

248. Deux tasses avec leurs soucoupes, Saxe.

249. Une tasse sans soucoupe, Saxe.

250. Une petite tasse sans soucoupe, Saxe.

251. Un service composé de : une théière, cinq tasses, six soucoupes, un grand bol, un couvercle (l'anse d'une des tasses est cassée) ; Saxe.

252. Une assiette, décor bleu, Saxe.

253. Deux assiettes, bordure à jour et à fleurs, Saxe.

254. Une petite tasse, Saxe.

255. Buste de Napoléon, en biscuit.

256. Une gourde plate, Strasbourg.

257. Une cuillère à sauce, Strasbourg.

258. Une soupière et son couvercle, Strasbourg.

259. Un encrier, Strasbourg.

260. Une jardinière ébréchée (dessus douteux), Strasbourg.

261. Une tasse et sa soucoupe, Strasbourg.

262. Une tasse et sa soucoupe, Strasbourg.

263. Deux pots à lait, Strasbourg.

264. Deux jardinières, Strasbourg.

265. Un pichet et son couvercle (bec recollé), Strasbourg.

266. Une corbeille, Strasbourg.

267. Une assiette (République française, avec couronne de lauriers au centre), genre Strasbourg.

268. Un plat, Strasbourg.

269. Un plat, Strasbourg.

270. Une saucière avec son couvercle, Strasbourg.

271. Une saucière avec son couvercle, Strasbourg.

272. Quatre légumiers, Strasbourg.
273. Deux compotiers, Strasbourg.
274. Six compotiers, dont un écorné, Strasbourg.
275. Douze assiettes, décor à la rose, Strasbourg.
276. Cinq assiettes, bords à côtes, Strasbourg, au Chinois.
277. Six assiettes, Strasbourg, au Chinois.
278. Six assiettes, bordure verte, Strasbourg, au Chinois.
279. Cinq assiettes, Strasbourg, à la Tulipe.
280. Vingt et une assiettes, Strasbourg, à la Rose.
281. Dix-huit assiettes, à côtes, Strasbourg, à la Rose.
282. Une assiette, Strasbourg, à la Rose.
283. Quatre assiettes, deux à fleurs, deux avec oiseaux, Strasbourg.
284. Douze assiettes, Strasbourg, à la Tulipe.
285. Quatorze assiettes, une fêlée, une cassée, Strasbourg, deux roses et tulipe.
286. Quatre assiettes, Strasbourg, au Coq.
287. Deux corbeilles jardinières, Strasbourg.
288. Une tasse sans soucoupe, genre Marseille.
289. Un petit couvercle, Marseille.
290. Une assiette creuse, Marseille.
291. Une assiette creuse, Marseille.
292. Un grand plat rond, Marseille.
293. Une assiette, décoration à fleurs, garniture bleue, Marseille.
294. Un plat creux, décor à fleurs, Marseille.
295. Une assiette, décor à fleurs, bordure rouge, Marseille.
296. Un plat, genre Marseille.
297. Une assiette, Marseille.
298. Un plat, genre Palissy, moderne.
299. Une jardinière et son plateau, terre de pipe.
300. Un pichet, genre Moustiers.

301. Deux petits sabots, Moustiers.

302. Une petite tasse à jour, terre de pipe.

303. Un petit coquetier à jour, terre de pipe.

304. Une assiette allemande, avec armoirie.

305. Une jardinière, en faïence verte.

306. Une plaque, figure au centre, entourée de guirlandes, coquille en haut, Méduse en bas, faïence italienne.

307. Deux jardinières, faïence blanche.

308. Deux assiettes, pâte tendre, Tournai.

309. Une petite théière, terre brune.

310. Une théière, terre brune.

311. Une grande théière avec son couvercle, sujets en relief, terre noire.

312. Un plat Louis XV, terre de pipe unie.

313. Une saucière, terre de pipe.

314. Un plat rattaché, avec armoiries, Moustiers.

315. Une assiette, Moustiers.

316. Une assiette à décors, fond jaune.

317. Quatre assiettes à jour, terre de pipe.

318. Un couvercle de soupière avec boutons de roses.

319. Vingt-sept assiettes plates, Tournai, pâte dure.

320. Sept assiettes creuses, Tournai, pâte dure.

321. Cinq assiettes à dessert, Tournai, pâte dure.

322. Trois assiettes bordure à jour, terre de pipe.

323. Trois porcelaines : Napoléon, Marie-Louise et le roi de Rome, Wedgwood.

324. Un tableau carreaux de faïence, scène flamande.
Cadre noir.
Longueur, 0^m,85 ; largeur, 0^m,52.

325. Une plaque faïence encadrée, paysage, signée : T. C. de la Luizière.

326. Une plaque faïence, Rhodes.

327. Une plaque, décoration hibou.

328. Une petite peinture sur porcelaine.

329. Deux coquetiers, terre de pipe.

330. Un plat, décor à fleurs, marqué d'un N couronnée.

331. Une bouteille, Nevers.

332. Une jardinière médaillon, Nevers.

333. Deux porte-bouquets, Nevers.

334. Un grand porte-bouquet avec sujets chinois, recollé au col, Nevers.

335. Un porte-bouquet recollé, Nevers.

336. Une gourde avec personnage, Nevers.

337. Un carreau en faïence, cadre noir, Nevers.

338. Un écusson en faïence, Nevers.

339. Une plaque décorée, paysage, Nevers.

340. Un huilier avec deux burettes dépareillées, Nevers.

341. Un petit pot avec couvercle, Nevers.

342. Un petit pot sans couvercle, Nevers.

343. Une jardinière formée d'un couvercle de potiche, Nevers.

344. Deux cendriers, dont un cassé, Nevers.

345. Un pot à tabac avec couvercle étain, Lille.

346. Une assiette avec armoiries, Nevers.

347. Un plat rond, décor fleurs et oiseaux, Delft.

348. Une assiette fêlée, Delft.

349. Un réchaud, Delft.

350. Un très beau plat décor polychrome, bordure à fleurs, le fond en camaïeu bleu, représentant des personnages au bord de la mer, marqué en noir M ; Delft.

351. Une très belle fontaine avec couvercle, décor polychrome à personnages chinois et animaux ; l'orifice de la fontaine porte un mascaron de Callot, marque P C en noir ; Moustiers.

Hauteur : 0^m,34.

352. Très belle soupière avec couvercle et plateau, riche
décor polychrome à fleurs, figures et ornements
rocaille (belle qualité); **Moustiers.**

353. Un tonneau, verre, Bohême ancien.

354. Un verre gravé, Bohême ancien.

355. Un verre à pied gravé, Bohême ancien.

356. Grand verre uni à pied, Bohême ancien.

357. Bouteilles jumelles fêlées, Bohême ancien uni.

358. Bouteilles jumelles, Bohême ancien.

359. Un grand verre fêlé gravé, Bohême ancien.

360. Un broc verre vert, Bohême ancien.

361. Une bouteille fêlée, avec armoirie, Nuremberg.

362. Une grande bouteille ballon, verre uni.

363. Une bouteille plate, verre vert.

364. Une bouteille, verre vert (écusson).

365. Une bouteille, forme cœur, écusson fleur de lis, col
égréné.

366. Une bouteille, forme cœur.

367. Une bouteille égrenée au col, avec l'inscription sui-
vante gravée : « Vive **M. Cordier 1784** ».

368. Un verre vert carré.

369. Un pot à confitures en verre, avec anse, gravé.

370. Un beurrier en verre, gravé.

371. Une salière en verre à quatre pieds.

372. Une salière en verre à quatre pieds.

373. Une salière en verre avec pied.

374. Un petit verre gravé.

375. Un petit vase en verre avec deux anses.

376. Une petite coupe en verre taillé à côtes.

377. Un petit broc en verre.

378. Un petit verre gravé en creux.

379. Un vase décoré à fleurs, avec couvercle, Bohême.

380. Un vase fêlé, décoré à fleurs, avec couvercle, Bohême.

381. Un verre à pied gravé, Bohême.

382. Un verre à pied gravé, Bohême.

383. Un verre à pied gravé, fleurs, Bohême.

384. Un verre en verre jaunâtre, Bohême.

385. Un petit porte-bouquet en verre, Bohême

386. Un verre à pied, Bohême.

387. Un verre à pied, base écornée, Bohême.

388. Un verre à pied, Bohême.

389. Un verre à pied, Bohême.

390. Un verre à pied uni, Bohême.

391. Un verre à pied gravé, Bohême.

392. Un petit porte-bouquet.

393. Un verre à pied gravé, Bohême.

394. Un verre à pied gravé, Bohême.

395. Un verre à pied, une fleur gravée, Bohême.

396. Un verre à pied, une fleur gravée, Bohême.

397. Un verre uni, Bohême.

398. Un verre uni, Bohême.

399. Un verre uni, Bohême.

400. Un verre uni, Bohême.

401. Un verre uni, Bohême.

402. Un verre uni, Bohême.

403. Un verre à pied, Bohême.

404. Un verre à pied, Bohême.

405. Un verre à pied, Bohême.

406. Un verre à pied, Bohême.

407. Un verre à pied, Bohême.

408. Un verre à pied, Bohême.

409. Une grande bouteille, verre blanc uni.

410. Une bouteille verre vert, avec armoiries.

411. Une bouteille, terre brune.

412. Une bouteille en grès, avec armes, Nuremberg.

413. Un pichet en grès.

414. Un pot à bière en grès.

415. Une cruche en grès.

416. Une bouteille mexicaine en terre.

417. Une petite écuelle en étain.

418. Un broc en étain.

419. Un grand broc en étain.

420. Un plat en étain, Louis XV.

421. Un plat en étain et à filets, Louis XV

422. Un plat ovale en étain et à filets, Louis XV.

423. Un plat ovale en étain, marque F.-J.-W., à filets, Louis XIII.

424. Un plat étain à filets, trois poinçons, avec figure, style Louis XV.

425. Un plat ovale étain à filets, avec marque J.-B., Louis XV.

426. Un légumier et son couvercle étain, poinçonné et ciselé, Louis XIV.

427. Un grand plat rond étain, marqué A.G.P., Louis XIV.

428. Un plat rond, filets, étain, chiffres et marque F.B., Louis XIV.

429. Un plat rond, filets, étain, avec chiffres, Louis XIV.

430. Une assiette étain chiffrée, Louis XV.

431. Une assiette étain, marquée J.B., Louis XV.

432. Une assiette étain, marquée P.M., Louis XV.

433. Une assiette étain, marquée J.B., Louis XV.

434. Une assiette étain, trois poinçons mercure, Louis XV.

435. Une assiette étain, chiffre J.Q. ; marque, une ancre ; Louis XV.

436. Un paysage sur panneau.
  Attribué à Diaz.
  Hauteur, 0ᵐ,85 ; largeur, 0ᵐ,27.

437. Un portrait de femme sur panneau, école flamande.

> Hauteur, 0ᵐ.48 ; largeur, 0ᵐ,68.

438. Un tableau sur cuivre, une Femme au bain.

> Attribué à Poelemburg.
> Hauteur, 0ᵐ,17 ; largeur, 0ᵐ,13.

439. Un tableau sur panneau, marine, signée Couveley 1847.

> Hauteur, 0ᵐ,23 ; largeur, 0ᵐ,12.

440. Un tableau sur panneau, Tête d'homme.

> Attribué à Delacroix.
> Hauteur, 0ᵐ,18 ; largeur, 0ᵐ,16.

441. Une peinture sur toile, école flamande, Vieille Femme tenant une bougie allumée à laquelle un enfant veut en allumer une autre.

> Hauteur, 0ᵐ,70 × 0ᵐ,58.
> Il a été fait par Rubens une estampe qui est la reproduction exacte du tableau.

442. Un tableau sur panneau, représentant un Berger et ses moutons.

> Attribué à D. Téniers.
> Hauteur, 0ᵐ,18 ; largeur, 0ᵐ,14.

443. Un tableau sur toile représentant une Femme avec turban.

> Attribué à Gérard Honthorst.
> Dimensions : 0ᵐ,65 × 0ᵐ,52.

444. Une peinture sur porcelaine, représentant une scène d'animaux, d'après Berghen.

> Hauteur, 0ᵐ,20 ; largeur, 0ᵐ,16.

445. Une peinture sur porcelaine, représentant Oiseaux, Canards, d'après Oudry.

> Hauteur, 0ᵐ,20 ; largeur, 0ᵐ,16.

446. Un tableau sur panneau, d'après Hubert Robert. Ruines italiennes.

> Hauteur, 0ᵐ,28 ; largeur, 0ᵐ,22.

447. Un tableau sur toile, Paysans français, intérieur de
ménage.

> Attribué à Lenain.
> Dimensions : 0ᵐ,60 × 0ᵐ,52.

448. Un tableau sur toile représentant la Sainte Famille,
avec un Ange tenant une torche.

> Attribué à Gérard Honthorst.
> Dimensions : 1ᵐ,15 × 0,90.

449. Un tableau sur toile, cadre en bois sculpté, représentant l'Ange apportant le calice au Christ.

> École italienne.
> Dimensions : 0ᵐ,39 × 0,32.

450. Une peinture sur toile, École italienne, représentant
Sainte Élisabeth, la Vierge, Saint Jean et l'Enfant
Jésus.

> Cadre en bois sculpté.
> Dimensions : 0ᵐ,46 × 0ᵐ,37.

451. Une peinture sur panneau, École espagnole, Jeune
femme se parant de bijoux.

> Dimensions : 0ᵐ,28 × 0ᵐ,23.

452. Une Terre cuite, fendue, encadrée, représentant une
Vestale.

> Dimensions : 0ᵐ,18 × 13.

453. Une peinture sur panneau, un Enfant venant de
remporter le premier prix.

> Attribuée à Bonvoisin.
> Ce tableau a été exposé au Louvre en 1822.
> Dimensions : 0ᵐ43 × 38.

454. Un tableau miniature sur ivoire, représentant Saint
Jean au désert, d'après Raphaël.

> Le tableau original est à Florence.
> Dimensions : 0ᵐ,15 × 0ᵐ,12.

455. Un pastel Louis XV, Jeune femme avec un oiseau
sur l'épaule.

> Attribué à Latour.
> Dimensions : 0ᵐ,45 × 0ᵐ,38.

456. Une gouache ancienne représentant un paysage.
> Dimensions : 0m,48 × 0,35.

457. Une gouache ancienne représentant les Jardins d'Armide.
> Dimensions : 0m,32 × 0m,25.

458. Un tableau sur toile, paysage.
> Dimensions : 0m,38 × 0m,28.

459. Un tableau peinture sur toile, scène militaire de Crimée, tranchées devant Sébastopol.
> Signé : Soriel, 1858.
> Dimensions : 0m,55 × 0m,40.

460. Un tableau sur toile, paysage.
> Attribué à Claude Lorrain.
> Dimensions : 1 mètre × 0m,74.

461. Un tableau sur toile, Vaches au pâturage, École flamande.
> Dimensions : 0m,80 × 0m,82.

462. Un tableau sur toile représentant le Triomphe d'Amphitrite, École italienne.
> Dimensions : 0m,70 × 0m,55.

463. Un tableau représentant une Bacchante.
> Peinture attribuée à Diaz.
> Dimensions : 0m,10 × 0m,08.

464. Un tableau sur toile représentant le Christ, École flamande.
> Dimensions : 0m,60 × 0m,48.

465. Un paysage, École 1830, sur toile.
> Dimensions : 0m,65 × 0m,58.

466. Un tableau ovale sur toile, deux Amours supportant une tablette portant la Déclaration des Droits de l'homme.
> Dimensions : 0m,35 × 0m,28.

467. Un tableau sur toile représentant un Cavalier.
> Attribué à Mar

468. Deux médaillons, peinture sur cuir, représentant deux Vieillards hollandais.

> Attribué à Téniers le jeune.

469. Un panneau, peinture sur toile collée sur bois, représentant un Aveugle avec un enfant.

470. Une peinture sur cuivre, Adoration des Mages.

> Cadre en bois sculpté.
> Dimensions : 0ᵐ,22 × 0ᵐ,18.

471. Un peinture sur cuivre, saint Joseph et l'Enfant Jésus.

> Cadre en bois sculpté.
> Dimensions : 0ᵐ,16 × 0ᵐ,13.

472. Un tableau ovale sur toile, portrait de femme, École française.

> Cadre en bois.
> Dimensions : 0ᵐ,74 × 0ᵐ,60.

473. Un tableau rond sur bois, sainte Madeleine, École italienne.

> Dimension : 0ᵐ,37 de diamètre.

474. Un tableau (Madeleine), peinture sur cuivre.

> Dimensions : 0ᵐ23, × 0ᵐ,18.

475. Un tableau, peinture sur bois, Bacchante avec un faune, École française.

> Dimensions : 0ᵐ,21 × 0ᵐ,16.

476. Petite peinture sur bois, une Sainte.

477. Une gouache, Pastorale d'après Boucher.

478. Une gouache, Pastorale d'après Boucher.

479. Uue gouache, Pastorale d'après Boucher.

480. Miniature sur ivoire, portrait de femme.

481. Miniature sur ivoire, portrait de jeune fille.

482. Miniature sur ivoire, duc de Brissac.

483. Miniature sur bois, portrait de femme.

484. Miniature sur parchemin, portrait de femme, Empire.

485. Miniature gravure, portrait de femme ; Louis XV.

486. Miniature sur bois, portrait de femme ; Louis XV.

487. Miniature double avec cadre en cuivre ; d'un côté, Famille royale ; de l'autre côté, Portrait de femme ; gravure en couleurs sur ivoire.

488. Deux petites peintures, Paysages.

489. Fragment de peinture ancienne, une Vierge (venant de l'abbaye de Fécamp).

490. Deux gravures anglaises, l'une représentant Miranda et Ferdinand, l'autre Rosalinde Olivier et Celia.

(Peintre Angelico Kauffmann ; gravées par Jonkin et Bartholomi).

491. Une gravure anglaise, sujet romain ; Coriolan.

Peint par Georges Shepherd.

492. Une gravure anglaise, les Muses sur la tombe de Shakespeare.

493. Une gravure, Descente de croix de Rubens.

494. Une gravure, d'après Jules Romain, gravée par Dissurd.

495. Une gravure, le Christ sur la Croix, les saintes femmes au pied, gravée par Scheltreus et Bolwert.

D'après le tableau de Jordaens.

496. Une gravure, d'après Jules Romain, gravée par Dissurd, Apollon sur un char.

497. Une gravure, Énée et Didon, dessiné par Chaillou, gravée par Noël.

498. Une gravure en couleurs, les Chevaliers danois dans les jardins d'Armide.

499. Une gravure en couleur, Départ pour le marché, d'après Hubert, gravé par Maupérain.

500. Une gravure en couleurs, Retour du marché, d'après Hubert, gravé par Maupérain.

501. Une gravure, la famille de Louis-Philippe.

502. Une gravure, la famille de Napoléon.

503. Une gravure, la Communion de sainte Madeleine.

> Stella peintre, Rinoslo graveur.

504. Une gravure, Louis-Philippe peint par Gérard, gravée
par Lignon.

505. Une gravure, Louis XVIII dessiné par B. Bonvoisin.
gravée par H. Bonvoisin.

506. Deux gravures en couleurs, Estelle et Némorin, par
Colibert.

507. Une gravure anglaise en couleur, Henriette d'Angleterre demandant une grâce, avec armoiries.

> Peint par Angeli Kauffmann, gravée par Pariset et Mlle Ba-
reuil.

508. Une gravure anglaise en couleurs, Éléonore suçant
la blessure d'Édouard d'Angleterre, avec armoiries.

> Peint par Angeli Kauffmann, gravée par Pariset et Mlle Ba-
reuil.

509. Une gravure anglaise en couleurs, scène de famille,
d'après Greuze, gravée par Wymne Ryland.

> Cadre en bois.

510. Une gravure anglaise en couleurs, Intérieur pauvre,
gravée par Wymne Ryland.

> Cadre en bois.

511. Une gravure en couleurs, Enfant jouant aux échasses,
d'après Huet, gravée par Bonnet.

512. Une gravure en couleurs, Enfant donnant à manger
aux poules, d'après Huet, gravée par Bonnet.

513. Une eau-forte de Huet, Animaux.

514. Une eau-forte de Huet, Fermière et Animaux.

515. Une gravure anglaise en couleurs, Enfants donnant
à manger aux poules.

516. Une aquarelle, Fanfan La Tulipe à la cour.

517. Une lithographie, les Petits Dévideurs, d'après
Proud'hon.

518. Une gravure, Saint Jean au Désert, d'après Raphaël,
gravée par Bervic.

> Original du tableau à Florence.

519. Une gravure en couleurs, Pastorale.

520. Une gravure en couleurs, Bacchus et Ariane, Eisen
et Daumont graveurs.

521. Une gravure, de La Tour d'Auvergne, cardinal de
Bouillon, gravée par Desroches.

522. Une gravure, La Trinité.

523. Une gravure, Les Saints, amis des Français.

524. Deux sujets, Villages suisses.

525. Une gravure avant la lettre, Charlemagne.

526. Une gravure ancienne, Plan de la Ville du Havre,
gravée par Bacheley.

> Cadre en bois.

527. Gravure ancienne, Louis XV à cheval, d'après Par-
rocel, gravée par Vanloo.

528. Gravure, Louis XVI avec manteau royal.

529. Gravure en couleurs, Louis XVI.

530. Gravure en couleurs, Marie-Antoinette.

531. Gravure, Napoléon Ier, costume de cour, peint par
Gérard, gravé par Boucher Desnoyers.

532. Gravure en couleurs, Louis XVIII, dessiné par
Buquet et gravée par Bertrand.

> Cachet de l'Imprimerie du docteur Jouy.

533. Gravure en couleurs, les Premiers Alliés, Louis XVIII
et sa famille s'occupant du bonheur de l'Europe.

534. Très belle gravure toutes marges, Intérieur de Caba-
ret, d'après Téniers.

535. Gravure, Portrait de Charles X, dessiné par Charles,
gravée par Cardon.

536. Gravure, Taureau et Vaches au pâturage avec vacher,
d'après Paul Potter, gravée par Denon.

537. Gravure, La Cour de Médicis, d'après Rubens, gravée par Lempereur.

538. Gravure, La Kermesse, d'après Rubens, gravée par Fessard.

> Aux armes du Roi.
> Le tableau est au Louvre.

539. Gravure, Hôtellerie, par Berghen, gravée par Leveau.

540. Gravure, l'Abreuvoir, Passage du Gué par Berghen, gravée par Martenasi.

541. Gravure, Tentation de saint Antoine, de Callot, gravée par Petrus Picau.

542. Gravure, portrait de d'Aguesseau à l'âge de 35 ans, par Vivien, gravée par Daulé.

543. Gravure, portrait de Philibert Orry, conseiller d'État, peint par Rigaud, gravée par Lépicier.

544. Gravure, l'Entrée des enfers, par Albert Dürer.

545. Gravure, portrait de Louis XVI, dessiné par Nicolo, gravée par Lebeau ; aux armes de Louis XVI.

546. Gravure, portrait de Marie-Antoinette, dessiné par Nicolo, gravée par Lebeau ; aux armes de Louis XVI.

547. Gravure italienne, portrait d'un seigneur par Nicolas André.

548. Gravure, portrait de Jean-Paul Brignon, abbé de Saint-Quentin, d'après Rigaud, gravée par Drevet, 1707.

549. Gravure, portrait de la duchesse de Nemours, aux armes de la duchesse, gravée par Drevet, 1707.

550. Gravure, portrait de François d'Aligre, premier président en 1770, d'après Cochin, gravée par Cathelin.

551. Gravure, portrait de Bernardin de Saint-Pierre, d'après Giraudet, gravée par Vignon.

552. Gravure, portrait de Nicolas de Montholon, d'après Cochin, gravée par Nicolet.

553. Portrait de Louis XV, gravure.

554. Une gravure, Invocation à la Vierge (dominicain et dominicaine).

555. Deux gravures anglaises en couleurs. Fortune et Prosperity, d'après Cypriani et Bartholomi.

556. Une gravure française en couleurs, l'Automne, par Mignard, peintre du Roi.

557. Gravure d'après Boucher, le Berger récompensé, gravée par Gaillard ; aux armes de la duchesse de Duras.

558. Une gravure en couleurs, Bacchante, par Kauffmann, gravée par Legrand.

559. Deux gravures anglaises en couleurs, la Prudence et le Génie, d'après Cypriani et Bartholomi.

560. Gravure en couleurs, Sacrifice d'Élie et des prophètes de Baal, dessin de Mathurin.

561. Gravure en couleurs, la Tempête, gravée d'après le dessin d'un officier de l'Escadre verte.

562. Douze gravures.

563. Douze gravures.

564. Douze eaux-fortes.

565. Dix gravures.

566. Douze eaux-fortes.

567. Dix eaux-fortes.

568. Sept gravures d'après Boucher.

569. Portraits de la Famille Impériale et du Pape.

570. Gravure française, Françoise de Rimini, d'après le Guide.

571. Gravure en couleurs ancienne, Montagnes russes.

572. Gravures en couleurs, l'Amitié, gravée par Simon, peint par Leroy.

573. Gravure, l'École du bon goût, d'après Teniers, gravée par Le Bas.

574. Gravure, le Flûteur, d'après Teniers, gravée par Le Bas.

575. Une eau-forte, d'après Rembrandt.

576. Gravure, une Marine, d'après Joseph Vernet, gravée par Aliamet.

577. Gravure, une Marine, d'après Joseph Vernet, gravée par Aliamet.

578. Gravure, Paysage, d'après Brandt fils, gravée par Dequevilliers.

579. Gravure, Travaux champêtres, d'après Wouvermans, gravée par Lempereur.

580. Gravure, Chute de Phaéton, gravée sur bois par Nicolas Lesueur.

581. Une petite gravure en couleurs, cadre doré, Amphitrite au bain, par Geoffroy.

582. Gravure en couleurs, Produit du Baiser.

583. Gravure ancienne, Toilette de Vénus, par Geoffroy.

584. Gravure ancienne, Henri IV.

585. Gravure ancienne, Sully.

586. Petite gravure, Madame Élisabeth, Louis XV.

587. Un Panneau de trois petites gravures, d'après Boilly.

588. Gravure sur papier, J.-Jacques Rousseau, Voltaire et Franklin.

589. Dessin, Berger et Animaux, attribué à Van de Welde.

590. Dessin, attribué à Watteau, sanguine, le Joueur de flûte.

591. Dessin attribué à Watteau, sanguine, Homme et Femme.

592. Dessin, Une Pochade, signé : Eugène Delacroix.

593. Dessin, Têtes à la plume, H. B.

594. Dessin, Paysage au lavis.

595. Dessin en couleurs, Marine attribuée à Joseph Vernet.

596. Dessin, Intérieur de cathédrale.

597. Dessin, Une pochade de militaires.

598. Dessin au lavis, Homme jouant de la guitare.

599. Dessin au lavis, Femme tenant un perroquet.

600. Dessin, Épisode du siège de Paris, 1871, par Selim ; Une Réfugiée.

601. Dessin à la plume, le Sacrifice d'Abraham.

602. Dessin au crayon, Jésus et les Apôtres, attribué à Rubens.

603. Un médaillon bronze trouvé dans les ruines des Tuileries, signé : P. Dechanaux, entrepreneur de la démolition du Palais.

604. Un jeu de poids en cuivre.

605. Un briquet en fer.

606. Un briquet en fer.

607. Un couvert en cuivre, cuillère et fourchette, xvie siècle.

608. Une applique en cuivre.

609. Un petit reliquaire en vieil argent, renfermant une sainte en bois.

610. Un chiffre de porte, fer forgé .

611. Une clef de porte cochère, en fer.

612. Une clef d'entrée ouvragée.

613. Une clef en fer.

614. Une clef de coffre, triangle.

615. Une petite clef d'armoire.

616. Une petite clef cuivre, pomme de pin.

617. Une clef en fer.

618. Une petite clef en fer.

619. Une petite clef en cuivre.

620. Une petite clef en fer.

621. Un cachet, Justice de paix de Lyons, temps de la Révolution.

622. Un cachet avec couronne.

623. Un cachet avec couronne et avec lettre B au milieu.

624. Deux chenets landiers, fer.

625. Deux chenets avec boule cuivre, pomme de pin.

626. Deux chenets Louis XVI, à boules.

627. Deux chenets Louis XVI.

628. Deux chenets Louis XV.

629. Quatre cadres en bois pour miniatures.

630. Deux salières émaillées.

631. Deux petits cendriers émaillés.

632. Une cuillère à sucre, terre de pipe, cassée.

633. Un triptyque, peinture, sainte Madeleine, saint Roch, saint Luc.

634. Une boîte à mouches, ivoire sculpté, Vénus sortant de l'onde.

635. Une tabatière en corne coulée.

636. Un morceau d'ivoire sculpté.

637. Une montre Louis XIV en cuivre gravé, cadran émaillé.

638. Une montre argent découpé.

639. Une montre argent repoussé.

640. Une montre à jour à boîtier découpé et à sonnerie.

641. Une montre en argent doré repoussé.

642. Un étui argent gravé.

643. Une agrafe de cravate de roulier, argent

644. Une petite paire de ciseaux à broder Louis XVI.

645. Une miniature, médaillon sur ivoire, portrait de femme.

646. Une miniature, médaillon sur ivoire, portrait de femme, cadre cuivre ciselé.

647. Une miniature Empire, cadre rond bois doré, sur ivoire, portrait de femme.

648. Une tabatière bonbonnière, Suzanne, peinture.

649. Une bonbonnière, Baigneuse, miniature.

650. Un petit Almanach Royal 1769, gravelures inté-
rieures par Gravelot et Delaunay, dans un étui en
veau rouge frappé au petit fer.

651. Un coffret émaillé, peinture sur cuivre émaillé,
Louis XIV.

652. Une boîte Louis XVI, peinture sur cuivre émaillé,
fendue sur le dessus.

653. Une savonnette, peinture sur cuivre émaillé, couvercle fendillé.

654. Une bonbonnière drageoire émaillée, Louis XVI,
ornements or, forme panier.

655 Une petite boite, cuivre émaillé, fond vert.

656. Un étui à ciseaux ancien, gravé, époque Louis XIII.

657. Un anneau de cravate ciselé.

658. Un petit tire-bouchon or et nacre.
Attestation qu'il a appartenu à Mme Dubarry.

659. Un jeton nacre, aux armes de Charles X.

660. Deux flambeaux argent, Louis XV.

661. Un petite lampe en étain.

662. Deux flambeaux Louis XV, bronze argenté, sans
binets.

663. Deux flambeaux en cuivre Louis XV, sans binets.

664. Deux flambeaux en cuivre Louis XV, sans binets.

665. Deux candélabres Louis XVI, trois branches, bronze
argenté, se démontant et formant flambeaux.

666. Une tabatière cuir bouilli verni, Serment de
Louis XVIII.

667. Tabatière cuir bouilli, peinture Femme assise au
bord d'une rivière.

668. Tabatière cuir bouilli, Scène flamande, d'après Téniers.

669. Deux émaux, Néron et Agrippine (mauvais état).

670. Un étui écaille, incrustations dorées.

671. Une boîte cuivre, armes et médaillon.

672. Une médaille Detouches.

673. Un cachet allemand, sceau de Sigismond Ier.

674. Un cachet bronze (femme).

675. Un cachet en fonte (Jean-Jacques Rousseau).

676. Un petit sifflet en ivoire.

677. Deux petits bougeoirs, cuivre argenté, Louis XVI.

678. Un bout de table Louis XVI, cuivre argenté, quatre lumières.

679. Une paire de sabots en bois.

680. Un chemin de croix russe, cuivre et émail, quatre panneaux.

681. Une croix russe en cuivre.

682. Un petit vase genre étrusque.

683. Une lampe romaine, en terre.

684. Une petite bonbonnière, cuivre émaillé sur fleurs.

685. Trois boites à jeu en bois verni.

686. Une lanterne en faïence violette, provenant de l'abbaye de Fécamp.

687. Une paire de flambeaux anciens Louis XV, trois branches.

688. Deux petits bougeoirs Louis XVI.

689. Une sonnette style Louis-Philippe.

690. Un éteignoir, une paire de mouchettes et leur plateau, en cuivre.

691. Un réchaud, cuivre hollandais.

692. Un petit brasero en cuivre hollandais.

693. Une petite marmite en fonte avec son couvercle, de l'année 1761.

694. Un plateau chinois en laque, Coq au centre.

695. Deux chiens, en porcelaine moderne.

696. Deux flambeaux Louis XVI.

697. Deux flambeaux Louis XVI, aux armes du roi.

698. Un plateau en laque de Chine.

699. Un coffret en fer.

700. Un coffret en bois avec cuivre.

701. Un panneau en bois sculpté encadré, Junon.

702. Un panneau en bois sculpté, Tête de femme.

703. Un panneau en bois sculpté, Tête d'homme.

704. Un panneau en bois sculpté, la Justice.

705. Un panneau en bois sculpté, Tête d'homme.

706. Un panneau en bois sculpté, Tête de femme.

707. Un panneau en bois sculpté, Diane.

708. Huit jetons en nacre, deux pièces d'argent, une médaille commémorative de mariage, une médaille en cuivre 1792, quatre pièces d'or (trois Charles VII, une Louis XI); quatre pièces d'argent et deux de cuivre.

709. Très beau meuble Henri II, à deux corps, à colonnes, incrustations de marbre, quatre panneaux sculptés représentant les Quatre Saisons.

710. Un meuble Henri II, à deux corps, colonnes à sculpture (très joli).

711. Un bahut en chêne à deux corps, portes sculptées en plein, fronton, deux tiroirs entre les deux corps, dessus crédence, portes pleines.

Longueur, 1ᵐ,65 ; hauteur, 2ᵐ,50 ; profondeur 0ᵐ,65.

712. Un buffet crédence à deux corps à colonnes, panneaux sculptés, un tiroir au milieu.

Longueur, 1ᵐ,20 ; hauteur, 1ᵐ,65 ; profondeur, 0ᵐ,55.

713. Un bahut à deux corps, portes sculptées en plein, deux tiroirs.

Longueur, 1ᵐ,75 ; hauteur, 2ᵐ,50 ; profondeur, 0ᵐ,65.

714. Une armoire normande en chêne à deux battants, panneaux sculptés, fronton sculpté.

Hauteur, 2^m,60 ; largeur, 1^m,70 ; profondeur, 0^m,60.

715. Une armoire normande en chêne, un seul battant sculpté.

Hauteur, 2^m,50 ; largeur, 0^m,95 ; profondeur, 0^m,55.

716. Une vitrine Louis XVI, à filet.

717. Une vitrine Louis XVI, marbre blanc.

718. Une vitrine Louis XVI, marbre blanc.

Ces deux dernières vitrines ont une forme triangulaire.

719. Une commode Louis XV, dessus marbre, trois tiroirs, bronzes.

720. Une encoignure Louis XV, en bois de violette et palissandre, dessus marbre griotte.

Hauteur, 0^m,85 ; largeur, 0^m,80 ; profondeur, 0^m,55.

721. Une commode Louis XV, dessus de marbre, quatre tiroirs, chutes bronze, palissandre et bois de rose.

Longueur, 1^m,30 ; largeur, 0^m,65 ; hauteur, 0^m,85.

722. Une petite commode Louis XV, dessus de marbre, deux tiroirs, cuivres.

Longueur, 0^m,90 ; largeur, 0^m,55 ; hauteur, 0^m,80.

723. Une table chêne, pieds tors, Louis XIII.

724. Une table chêne, Henri II.

725. Une table chêne, pieds tors avec tiroirs, Louis XIII.

726. Une table en chêne, tiroirs à deux boutons, pieds tors, style Louis XIII.

Longueur, 1^m,05 ; largeur, 0^m,60 ; hauteur, 0^m,75.

727. Un coffre en chêne sculpté.

728. Un coffre en chêne à trois panneaux ; au milieu, écusson sculpté fleurs de lys.

729. Un baromètre Louis XV, bois sculpté, dorure ancienne.

730. Une glace biseautée Louis XIV, bois sculpté, fronton.

Hauteur, 0^m,90 ; largeur, 0^m,60.

731. Une petite glace Louis XIV, bois sculpté, petit fronton.

732. Une glace à trumeau avec peinture, époque Empire.
> Hauteur, 1ᵐ,25 ; largeur, 0ᵐ,70.

733. Une glace en bois sculpté, Louis XVI, fronton avec médaillon renfermant une peinture.
> Hauteur, 0ᵐ,70 ; largeur, 0ᵐ,48.

734. Une glace Louis XIV en bois sculpté, fronton biseauté.
> Hauteur, 0ᵐ,65 ; largeur, 0ᵐ,45.

735. Une petite glace Louis XIV ; bois doré, sculpté ; fronton doré.
> Hauteur, 0ᵐ,55 ; largeur, 0ᵐ,32.

736. Une table ancienne, époque de Louis XIII.

737. Une pendule Louis XIV.

738. Une petite pendule religieuse, Louis XIII, cadre en cuivre, poids.

739. Une pendule religieuse, Louis XIV, marquetterie bois de violette.

740. Une petite pendule Louis XIV, marquetterie Boulle écaille.

741. Un cadran solaire et almanach avec boussole, Louis XIV.

742. Un très beau cartel Louis XV, cuivre poli.

743. Deux flambeaux Louis XV, cuivre poli.

744. Deux appliques cuivre poli, Louis XV.

Paris. — Typ. Chamerot et Renouard, 19, rue des Saints-Pères. — 39792

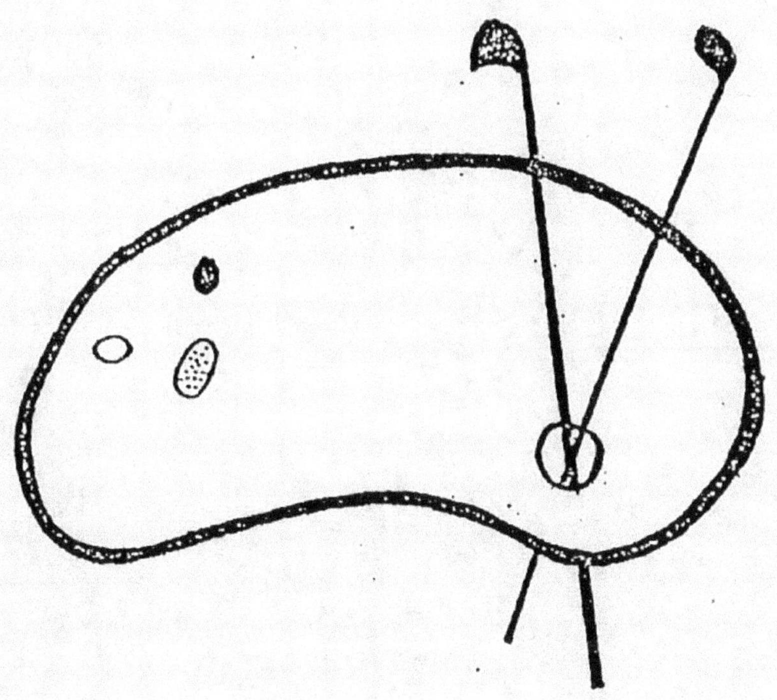

ORIGINAL EN COULEUR

NF Z 43-120-8

RED. :

18

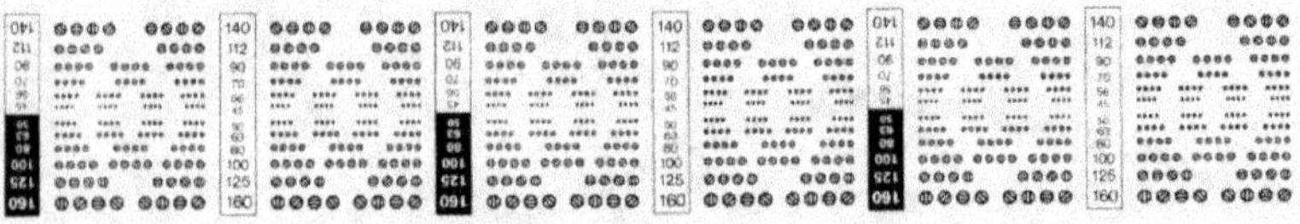

graphicom

0 1 2 3 4 5 6 7 8 9 10